DU MÊME AUTEUR

Livres photo :

Bretagne Sud, presqu' Ile de Quiberon, BoD, 2017.

Le potager de Suzanne, BoD, 2017.

Balade sur la Côte d'Emeraude, BoD, 2017,

Les doris sur la Rance, BoD, 2017.

Les grands voiliers au Havre, BoD, 2017.

Le Pibroc'h de Cancale, BoD, 2017.

La marine fluviale à Orléans, BoD, 2017.

Une bisquine à Cancale, BoD, 2017.

Vivre à Mayenne, BoD, 2017.

Laval, le jour et la nuit, BoD, 2017.

L' âme des arbres, BoD, 2018.

Nouvelle :

Le cabinet noir de River City, BoD, 2018.

La lecture de la nouvelle précédente : *Le cabinet noir* de *River City* (BoD, janvier 2018) est pertinente pour une meilleure approche de cette nouvelle.

Un corbeau plane sur la ville

Perdu au fond de la mégalopole mondiale, il survivait grâce au souvenir d'un temps où son métier l'avait maintenu en vie.
Philip K. Dick.

Nous étions entrés dans la nouvelle année, pluies et tempêtes à n'en plus finir, ma chanteuse préférée, Dolorès Gold, venait d'être retrouvée sans vie dans une chambre d'hôtel ; un tsunami d'une rare violence avait dévasté la Côte d' Émeraude, un de mes endroits préférés, le port de la Houle à Cancale, avec sa fameuse jetée de la Fenêtre, était dévasté, sur l'anse du Guesclin, la maison occupée autrefois par Léo Ferré avait explosé sous l'assaut des puissantes déferlantes, ne restait qu'une partie du socle rocheux, la plage du Saussaye, celle où j'avais photographié Miss Nell au temps des jours lumineux, était devenu méconnaissable. Saint-Malo était réduit à un champ de ruines, seule une partie de la cité intra-muros avait à peu près tenu le coup.

Comme si cela ne suffisait pas, un séisme de magnitude 7,9 à cinq km sous la croûte terrestre, au niveau du littoral sud de la Bretagne, avait englouti la Presqu' Île de Quiberon ; ma deuxième plage préférée, Port Bara, n'était plus qu'un souvenir photographique.

Aux Etats-Unis, une bombe cyclonique avait glacé la côte de la Floride jusqu'à l' État du Maine, New-York se retrouvait enseveli par plusieurs mètres de neige, circulation bloquée, l'aéroport J.F. Kennedy était paralysé, les commerces dévalisés.

Pour parfaire la situation, l'agence Bloom déversa ses prévisions cataclysmiques pour la décennie :

- La Corée du Nord attaque les Etats-Unis, un missile balistique intercontinental fini sa course à Central Park à New-York, sans exploser, suite à une mauvaise configuration des Coréens.

- Le Président des USA, pour satisfaire le lobby militaro-industriel, réplique par une pluie d'ogives nucléaires de 6 000 fois la puissance de la bombe d' Hiroshima, la Corée du Nord se retrouve rayée de la carte, des radiations toxiques touchent les pays voisins entraînant des millions de morts. La Chine et la Russie passent des accords secrets en vue d'anéantir les USA.

- Un nouveau pesticide 400 fois plus puissant que le glyphosate provoque une apocalypse végétale aux USA, l'Europe est contaminée.

- En France, suppression du SMIC, licenciements possibles par les employeurs pour toutes raisons à leur convenance, suppression des aides au logement, suppression des emplois aidés, augmentation de 4,5 milliards d'impôts pour la populace, réduction de 5 milliards d'impôts pour les hypers riches. Censure de l'internet comme en Chine et en Iran. Flicage des chômeurs. Expulsion manu militari des immigrants à grands coups de gaz lacrymogènes. Manifestations monstres des salariés et retraités pour stopper le projet du Suzerain en place de retarder la retraite à 70 ans et de réduire les versements de 50%. Les pauvres se révoltent , insurrection généralisée aux quatre coins du pays, une répression féroce provoque des centaines de morts.

- Une nouvelle technologie dans le domaine des batteries permet la production en masse de véhicules électriques à bas coûts, l'OPEP disparaît, les compagnies pétrolières font faillite.

- Le système bancaire s'effondre suite à une énième crise due à un plantage des algorithmes mathématiques de type killer-trader, les épargnants sont ruinés, les entreprises licencient en masse.

- Suite au non-respect des accords de Paris sur le climat, les conditions météorologiques deviennent extrêmes, la plupart des rivières en Europe se tarissent, les tempêtes et tornades deviennent fréquentes aux quatre coins de la planète.

- L' intelligence artificielle dépasse l'intelligence humaine, les robots ont la faculté d'apprendre et peuvent éprouver des sensations et des émotions. Dans les situations difficiles à analyser, les robots décident à la place de l'homme. Sur les champs de bataille des Killer-robots sont utilisés par les armées, ils sont en mesure de conduire des opérations militaires et disposent d'une autonomie décisionnelle pour tuer l'ennemi. Ces armements létaux dopés à l'intelligence artificielle sont également utilisés dans les espaces publics pour les sécuriser.

- 60% des professions disparaissent : les médecins et chirurgiens, les conseillers bancaires, les enseignants, les caissières, les traducteurs, les techniciens de labo, les assistants des avocats, les comptables, les manutentionnaires, le personnel des pharmacies, les chauffeurs de taxi (remplacé par les voitures autonomes), les serveurs, les réceptionnistes, les ouvriers sur les chaînes de montage, les pilotes d'avion, les agents de sécurité, les pigistes, les téléconseillers, les bibliothécaires...

- Les 100 milliardaires de la planète accroissent leurs richesses de plus de 800 milliards, soit 8 fois le montant nécessaire à l'éradication de la pauvreté dans le monde.

Bonne année ! Bonne santé ! Comme on dit ! En me faisant virer de mon job, la perfection dans la déréliction pouvait atteindre un certain sommet ! Pour reprendre le titre d'un roman de Grégoire Delacourt, sans doute allions nous être limité à « *Danser au bord de l'âbime* », tout en étant encerclé par l'obscur, comme dans l'univers de Tolkien, avec le Seigneur des Nazgûl, seigneur annonciateur d'un immense désespoir !

Le rédac chef s'absentait de plus en plus, le moral à zéro, sa femme venait de le quitter, à 10 heures du matin, il se rendait à la brasserie, il se pochetronnait avec les deux piliers de service, carburation au pastis jusqu' à midi, un sandwich en guise de déjeuner histoire d'éponger, retour à la rédac, puis à 5 heures, il partait rejoindre des arsouilles dans un rade en bordure de la quatre voies, un bar improbable dans un paysage tout aussi improbable, fréquenté par des filles de joie plus toutes jeunes et par des routiers mal rasés portant des casquettes sales, carburation au rouge, du Côte du Rhône pas vraiment millésimé.

Il se détruisait à petit feu, il nous parlait de moins en moins. S'il continuait dans cette direction son journal allait finir comme lui : dans le mur !

Sa femme, la quarantaine épanouie, tenait un magasin de vêtements féminins sur la place Blue Hour, des fringues haut de gamme pour les bourges du coin, je la regardais à chaque fois que je passais, visiblement, elle s'ennuyait, tout en restant dans une certaine sérénité. Elle me faisait penser à Laureen Bacall dans le film *Dark passage*, également, au portrait de Véronica Véronèse par Dante Gabriel Rossetti. La même élégance, un visage

11

d'une beauté étrange avec une légère lueur d'espoir. Un jour, elle m'avait demandé de faire son portrait, nous avions discuté de l'hiver qui n'en finissait pas, de la mode, du temps qui passe, de l'usure de l'amour, de nos jeunesses perdues... Suite à sa rupture avec le rédac chef, elle avait retrouvé un certain goût pour la vie, je la croisais de temps en temps au cinéma, elle sortait avec un jeune homme avec lequel elle retrouvait le sourire.

Ma proposition de papier sur le projet de l'Ordonnateur Wellwaxed de remplacer nos petites maisons par un immeuble aux normes Eco-Supra avait été acceptée par le rédac chef :
-Vas-y Joe !
Mine de rien, ce qui m'intéressait, c'était d'en savoir un maximum sur ce projet, de comprendre ce qui se tramait derrière. Le service de com du Consortium de la Participation Citoyenne avait répondu à ma demande d'infos avec une brochure illustrée, l'immeuble était représenté sous forme d'un dessin en couleurs, une sorte de barre en béton, avec comme seul attrait des ouvertures importantes donnant sur des balcons assez larges.

Nos petites maisons étaient beaucoup mieux avec leurs toitures toutes différentes les unes des autres, nos escaliers en pierre, nos portes en bois, nos fenêtres qui rappelaient celles qu' on pouvait encore voir en pleine campagne au nord du territoire, au pays dit du *Fin Fonds de la Brousse*, appellation volontairement péjorative et offensante donnée par les startupeurs de River City afin de déconsidérer le peu d'habitants qui y vivaient encore, sans connexion internet et sans téléphone mobile. En fait, ces gens-là vivaient paisiblement avec des moyens modestes et sans polluer la vie des autres avec des drones et autres outils despotiques.

Ils savaient encore recréer d'une année à l'autre des jardins potagers, ils étaient restés en lien profond avec la nature, à des années-lumières du monde artificiel des startupeurs, dont le langage abscons faisait penser à une secte : *meetups, business model, conf' tech, french tech, dating numérique, format speed dating, éco-actif, business tips, burn rate, elevator pitch, bootstrapper, team-bonding, after-work, talent recruiter...*

Vocabulaire pour initiés de la startupshère, qui relevait d'une mise en scène, d'un décor pour mieux masquer — derrière des apparats et autres « success story » — le très ancien modèle de grossière exploitation par les détenteurs des capitaux.

Leurs soit disantes boîtes disruptives financées par des business angels, reposaient en fait sur un néolibéralisme le plus cynique qui soit, un hyper libéralisme d'une perversité proportionnelle au caractère novlangue du langage sur lequel il s'appuyait, rhétorique sectaire qui permettait de gruger les naïfs socialement dépolitisés, le tout, avec des méthodes managériales allant jusqu 'à la manipulation des djeuns-salariés, voire même, avec en prime un culte de la personnalité envers le boss.

Le faux monde dans toute son excellence, faux monde présenté comme étant le nouveau monde avec de nouvelles méthodes de travail, nouveau monde : celui d'un libéralisme numérique exacerbé où les employés, travailleurs jetables de la team startupienne , naviguaient en permanence dans la précarité, avec des périodes

d'essai, des CDD à répétition, et des salaires de misère.
Bienvenue dans le Talon de fer de Jack London !

Le modèle startupien de ce nouveau monde des entreprises de la fausse zénitude , c'était les fameux microstocks, entreprises qui avaient été financées par des capitalistes avec le soutien de l'Etat, avec pour but de disposer de visuels gratuits ou proche de la gratuité, afin d'assurer la com des structures institutionnelles et des multinationales à moindre coût, de la tof aseptisée pour la com de la fausse démocratie et pour la promo des gadgets de la société de consommation, la com du faux monde !

Ces banques d'images devenues elles-mêmes des multinationales au fil du temps, étaient gérées par des travailleurs basés dans les pays de l'est, travailleurs payés au lance-pierre, ils passaient leurs journées à sélectionner les photos des contributeurs — des photographes dans l'auto-servitude — et à les intégrer sur les sites en y ajoutant des mots clé.

Le fameux modèle disruptif dont se vantait les boss de ces sociétés (avec sièges sociaux sur des zones offshores) était en fait un vulgaire piétinement du Code de la propriété intellectuelle, reposant sur un dumping social le plus crasse qui soit ! Dumping ayant entraîné la mise à la tombe des pros respectant les lois censés les protéger, ce dont les boss startupiens se réjouissaient !

Dans ces espaces abandonnés, considérés de manière cynique par les startupiens comme étant des zones antiques, tout juste bons à du tourisme de type anthropologiste, la poste ne passait plus qu 'une fois par semaine pour déverser la pub de la Méga surface et les factures à n'en plus finir du Consortium. Toutes les installations, médicales, sociales, sportives, culturelles, étaient en place à River City, les Ordonnateurs faisaient payer tout le monde, y compris ceux qui ne mettait jamais les pieds dans leur   cité du Consortium Citoyen.

L'Ordonnateur suprême avait bien joué son coup : ne pas trop augmenter les taxes sur sa ville afin de ne pas devenir trop impopulaire, et faire raquer un max tous les autres dans les périphéries, il y était parvenu en payant les micro-représentants de ce sous-peuple des campagnes et en leur faisant l'honneur de siéger à la réunion trimestrielle de son Grand Conseil des Ordonnateurs.
    Ce genre de messe permettait, à sa Haute Sainteté, Grand Ordonnateur des territoires de River City et des Pays Périphériques, de récupérer de la légitimité quant à ses faramineux projets. Projets décidés d'avance en conseil restreint dans son bureau.
    Pour prendre ses décisions, il était entouré par deux

sous-Ordonnateurs à sa botte et par trois conseillers. Un conseiller en stratégie territoriale (expert en manipulation électoraliste), un conseiller en démocratie participative (titulaire d'une maîtrise : *Comment imposer ses idées aux citoyens, tout en leur faisant croire qu'ils sont les auteurs de ces idées*) et une chargée de com, doctorante en sciences comportementales (auteur de l'essai : *Propagande de masse et micro-propagande post moderniste),* son travail consistait à assurer la pérennité ad æternam du pouvoir en place en persuadant les éventuels empêcheurs de tourner en rond — ceux qui prônaient le changement, ceux qui voulaient de nouvelles têtes — qu'ils n'étaient que d'horribles extrémistes, des bons a rien, de minables anarchistes qui ne pouvaient conduire le Consortium que vers le chaos.

Sa meilleure trouvaille, à cette chargée de com, pour récupérer les mécontents, avait consisté à mettre en place un forum de la citoyenneté, c'est-à-dire deux ou trois réunions ouvertes aux habitants souhaitant s'exprimer sur les choix du Consortium, une occasion de plus, sous couvert de préoccupation citoyenne , de repérer les dissidents et de les ficher, y compris de manière photographique, les prises de vues du fauxtographe de service n'étant pas uniquement destinées à la presse périphérique...

La préoccupation était d'envisager les réactions possibles par rapport à certaines décisions et d'être en mesure d'y répondre de manière imparable : comment emmêler les pinceaux des moins convaincus de manière à faire passer toutes les décisions ? Comment balader ceux qu'ils surnommaient, de manière insultante, les *broussards de la savane*. D'une certaine façon, tout était plié d'avance, les micro-représentants se retrouvaient à chaque fois sans arguments quand une décision leur paraissait un peu tordue sur les bords, les plus réticents s'abstenaient de voter, de plus, ils savaient que voter non, pouvait avoir des conséquences sur le montant de leurs émoluments, voir pire.

Chaque Grand Conseil se terminait dans le manoir d'un riche entrepreneur — dont on pouvait voir les pubs sur le journal officiel du CPC —, par un buffet bien arrosé, servi par des femmes plantureuses et en tenues plus que légères. Champagne, caviar, foie gras, macarons, fruits secs exotiques...

Des bruits couraient en ville relatant des scènes orgiaques, quelques photos de mauvaise qualité réalisées à la sauvette avaient circulées sur Facebook durant quelques heures avant de disparaître rapidement. Quelqu'un de notre entourage avait eu la promptitude de les enregistrer, l'une d'entre elles faisait penser au tableau *Avant le déluge* de Cornelis van Haarlem, mais c'était tellement flou et sous-exposé qu' on ne pouvait reconnaître personne, juste les formes plus que généreuses d'une des courtisanes, les autres étaient pires, il y avait un côté *Eyes Wide Shut* de Kubrick, version top ringarde, visiblement dans leur sauterie on ne risquait pas d'y croiser Nicole Kidman. Où recrutaient-ils ces femmes de peu de vertu, à la peau basanée, aux poitrines énormes et aux larges fessiers ? S'agissait-il de l'entrepreneur ?

Ce Monsieur à la tête d'un empire du bâtiment, réalisait tous les projets immobiliers des Ordonnateurs, il s'envoyait tous les marchés depuis la création de sa boîte. Dans chaque numéro de la feuille officielle de la propagande du Consortium on y trouvait une pleine page de sa publicité, sa tête bien mise en avant, avec en arrière plan une de ses réalisations : la fameuse tour du CPC ! Une manière parmi d'autres d'arroser !

La plus emblématique de cette collusion Ordonnateurs/Privé, était cet ensemble immobilier pour jeunes couples de startupeurs éco-zen bien intégrés, construit sur l'emplacement de l'ancienne base du Floppeur. Une manière explicite, de remercier à leur façon, un groupuscule qui ramait depuis des années pour inciter à remettre en branle la ligne spatio-temporelle entre River City et Loloplaza. Le Floppeur permettait de voyager dans l'hyperespace à une vitesse supraluminique, grâce à ses propulseurs à plasma, avec cette technologie de pliage du Temps, la planète Alpha du Centaure n'était qu' à deux semaines et Loloplaza à 30 secondes.

Comme les Ordonnateurs n' y comprenaient rien et qu'ils n'avaient pas la possibilité d'imposer leurs vues et d'exploiter le système avec des taxes, ils avaient délibérément laissé à l'abandon la base spatio-temporelle. Et pour parfaire le tout, ils avaient supprimé la subvention au groupuscule, ils soupçonnaient les membres de cette assoc d'instrumentaliser leur projet en vue de prendre leurs places au Consortium. Plutôt rester dans le Moyen Age de la mobilité afin de garder leurs culs sur les fauteuils de la Tour du CPC que de s'ouvrir au supraluminique !

Rien de vraiment intéressant sur la com du Consortium, rien sur la suppression de nos maisons. J'étais toujours en contact avec la taupe du CPC, mais ce dernier ne disposait d'aucune info pour l'instant. Par contre, il m'envoya une sorte de tract signé Le Corbeau, la taupe s'était transmutée en corbac. Ce tract je le retrouvais le lendemain sur le pont du Nouveau Monde, des feuilles A4 se baladaient au gré du vent. Le Corbeau y dénonçait une magouille financière, une décision au niveau du Consortium avait été prise permettant de débloquer une somme importante, somme destinée au renflouage financier d'une entreprise mise en liquidation, entreprise appartenant à un membre de la famille d'un des Ordonnateurs, le tout était camouflé dans un montage de diverses sociétés, destiné à noyer le poisson. Le Corbeau accusait l' Ordonnateur de faire passer les intérêts de sa famille avant l'intérêt général, d'avoir une pratique relevant du népotisme, de faire payer la collectivité pour les intérêts de sa famille.

Cet ordonnateur était connu pour son opportunisme, sa

façon de gagner des voix en période électorale en pratiquant une démagogie populiste anti fonctionnaires et anti précaires, démagogie électoraliste puante destinée à caresser dans le sens du poil les mieux lotis, de manière à ramasser des voix.

Manipulation sordide qui n'était pas sans rappeler celle d'un baron d'une province à l' autre bout de la Principauté, baron qui n'hésitait pas à reprendre la thématique de l'extrême droite anti immigrés et à pousser au maximum la démagogie ramasse voix en traitant les précaires d'assistés qu'il fallait mettre au travail obligatoire, démagogie dégueulasse appréciée par bon nombre de français franchouillards de seconde zone, classes manipulées par les médias dominants, le tout présenté avec la vulgate du bon sens.

Ce baron, cumulard de mandats, n'ayant cesse d'insulter les pauvres vivotant avec des minimas sociaux, parlait en connaissance de cause, étant lui-même un assisté, un assisté de première classe, le genre combinard, pour avoir traîné ses pantoufles seulement cinq mois au Grand Conseil, il avait cumulé des droits pour trente ans de retraite, une retraite dorée à 4 000 euros par mois, non compris les retraites liées à ses autres mandatures.

Ce Monsieur s'inspirait d'un type d'extrême droite, ex éminence grise d'un ex Président. Ex Président dont les méthodes avaient été considérées comme étant celles d'un *« délinquant chevronné »* par deux magistrates de la justice financière, qui — bien qu'elles se contentaient d'appliquer les textes de loi, dans un cadre censé être celui de la séparation des pouvoirs — étaient considérées comme des juges rouges par la presse de droite et les torchons d'extrême droite .

Quel beau monde ! Au pays des merveilles de la corruption, du trafic d'influence et du recel de violation du secret professionnel, avec des histoires de portables achetés sous de fausses identités afin de tromper les écoutes des enquêteurs.

Pour faire avaler leurs couleuvres, ces démagos abonnés au populisme, s'appuyaient de manière récurrente sur une grosse ficelle, celle du bon sens, une ficelle très utilisée par leurs concurrents politiques. Une droite de plus en plus extrême, totalement et indécemment décomplexée, prête à tout pour atteindre le pouvoir suprême et s'engraisser encore plus, y compris en piétinant les plus précaires de la société. Le pouvoir pour le pouvoir et le fric qui va avec ! Conception du monde la plus déglinguée qui soit !

Être au service des rentiers et de la classe moyenne supérieure tout en écrasant les précaires, les sans-abris et les immigrants ! Stratégie foncièrement anti-républicaine destinée à détourner l'attention sur leurs insuffisances crasses et leur absence totale de préoccupation quant à réduire les inégalités, et sur leur passivité intéressée quant aux moyens à mettre en place pour stopper les milliards de l'évasion fiscale .

Traiter les précaires d'assistés, de profiteurs, de salauds de pauvres, leur permettaient de rendre responsables ces derniers de leur condition, de les culpabiliser à outrance, alors qu'ils subissaient de plein fouet la mondialisation, l'ubérisation, la casse du Code du Travail et la robotisation de la société.

Abjection la plus crasse qui soit : faire porter sur le dos des pauvres la responsabilité d'une situation qu'ils subissaient, ces gens dans la précarité n'avaient surtout pas à faire les frais des carriéristes dont les stratégies politiciennes visaient l'accès au pouvoir coût que coûte !

Comme l'écrivait le romancier et nouvelliste John Berger :

« Le néolibéralisme, que j'appelle le fascisme économique, règne sur la planète. Le monde est une prison. Ils nous mentent et nous volent. Il ne faut jamais croire ce que disent nos geôliers. »

Roland Barthes dans ses Mythologies en 1967, avait bien cerné ce *bon sens,* cette pauvreté intellectuelle destinée à flatter la zone reptilienne du cerveau, en la qualifiant de *« chien de garde des équations petites-bourgeoises »*, en la considérant comme une vision comptable des choses, où sous l'aspect de la bonhomie du cela va de soi, se cache un autoritarisme omniprésent.

Bonhomie de l'autoritarisme d'autant plus dégoulinante que le chômage de masse se développait avec la financiarisation sauvage de l'économie, avec la fuite ininterrompue des capitaux vers les paradis fiscaux. La bonhomie du bon sens : une sorte de violence du calme comme l'écrivait Viviane Forrester en 1996 dans son livre L' Horreur économique :

« Nous sommes vraiment dans la violence du calme. Calme et violences au sein de logiques qui aboutissent à des postulats établis sur le principe de l'omission, celle de la misère et des misérables créés et sacrifiés par elle

avec une désinvolture pontifiante... La responsabilité de
ces défaites incombant à ceux qui défaillent, à ces
cohortes discrètes de sans-travail, mais supposés en
détenir, tenus d'en obtenir, enjoints d'en trouver alors
que, de notoriété publique, la source en est tarie. »

Un discours totalitaire *« lové dans la démocratie »* où
la vérité s'arrête sur la décision arbitraire de celui qui la
parle : c'est du bon sens que de mettre des précaires
assistés au bénévolat obligatoire, c 'est du bon sens que
de supprimer les indemnités des chômeurs qui refusent
deux jobs de merde sous-payés de suite... C'est du bon
sens que de mettre ces *« salauds de pauvres et*
d'assistés » à la rue.

Avec cette pratique relevant du népotisme, dévoilée par le corbeau, j'avais là un papier susceptible de relancer le canard, le rédac chef était absent, son assistante m'appris qu'il était à l'hôpital dans un coma éthylique, il en avait pour un moment avant de refaire surface sur le plancher des vaches.

Dans mon dictionnaire Hachette au terme « népotisme », je pouvais lire :
1. Forme de favoritisme qui sévissait à la cour pontificale, notamment au XVIe, et qui consistait à réserver dignités et bénéfices ecclésiastiques à des parents du pape (en particulier à des neveux).
2. Abus d'influence d'un notable qui distribue des emplois, des faveurs à des proches.

Je pris le risque de publier un premier papier, sur l'affaire elle-même, puis un deuxième avec des témoignages de personnes interviewées dans la rue. Comme l'Ordonnateur visé par mes deux papiers essaya de m'impressionner au téléphone via un de ses larbins — je l'entendais lui souffler ce qu'il devait me dire —, j'en remettais une couche bien épaisse avec un troisième papier reprenant l'analyse d'une amie avocate, analyse quant aux risques juridiques liés à cette pratique, des précisions mettant bien en relief la légèreté de l'Ordonnateur dans cette affaire.

Dans une affaire du même type, l'avocate précisait que la Chambre criminelle avait tenu le délit pour caractérisé dès lors que l'Ordonnateur avait participé à la délibération du Conseil Ordonnateur, statuant sur une affaire dans laquelle il avait intérêt. Elle précisait que le président d'une collectivité d'Ordonnateurs est présumé avoir surveillance générale des affaires de cette collectivité et que le délit était constitué à l'égard de cette dernière en dehors même de sa participation à la dite délibération.

Encore fallait-il qu'une procédure soit déclenchée pour mettre à jour le caractère délictueux, et cela ne risquait pas d'arriver, le népotisme était une pratique relevant du bon sens, une pratique normale, un graphiste qui s'envoyait toutes les commandes d'une Communauté de sous-ordonnateurs, alors que son father en était le président : quoi de plus normal ! Au pays des chouans, de l'overdose de la droite autoritaire, pourquoi s'emmerder, pas de complexe à avoir, c'est l'autoroute !

Certains allaient même jusqu'à réciter de vieilles prières en place publique lors de cérémonies à la mémoire des anciennes guerres ! La République n'était jamais passée par là ! Et dans la post-République, dans l'hyper libéralisme de la KomKron, ce qui relevait de République n'était plus qu'un concept vide de sens , les ultras libéraux avaient dévitalisé les valeurs de ce système en s'en prenant à sa philosophie : la Constitution elle-même !

Avec cette histoire de corbeau, les ventes remontaient de manière vertigineuse, je prévoyais un énième papier quand le rédac chef fit sa réapparition, il avait maigris, un air égaré, on aurait dit qu'il arrivait d'une autre planète après avoir dépassé la vitesse de la lumière à plusieurs reprises sur un Floppeur d'occasion, il avait lu mes papiers à l'hôpital et il était furax :

« T'es viré Joe ! »

Ben voilà, comme çà, c'est clair ! J'appris plus tard qu'il avait des intérêts dans le montage financier de l'Ordonnateur népotiste, il était en bisbille avec lui via une de ses sociétés.

Retrouver du taf ! Il y avait bien un autre journal sur River City, mais je savais que çà ne marchait pas fort, le canard avait perdu des clients publicitaires, dont celui du Consortium, à cause d'un papier jugé défavorable par Wellwaxed.

Le journal tournait au ralenti avec un minimum de personnel, la rédac chef me dit qu'elle ne pouvait prendre personne, pas même de CLP, la seule journaliste qui était encore en poste dans ce canard avait été contrainte d'abandonner son statut de salarié pour prendre celui d'auto-entrepreneur, c' était çà ou la porte ! Direction le GRI, Groupe du Réemploiment des Inemployés , suite aux lois Kom-Kron, il fallait rendre un rapport tous les

26

mois sur nos activités de recherche d'emploi, en clair, on nous demandait de produire un travail de recherche d'emploi, de manière à toucher des indemnités de chômage.

Ce cirque ne me convenait pas du tout, la Haute autorité des multinationales avait visiblement un pied-à-terre à l'Elyseum et les Kronistes reprenaient les desiderata de flicage des chômeurs de ces messieurs du Cac 40, messieurs qui s'en mettaient plein les poches avec la bénédiction des grands médias (médias eux-mêmes, pour les plus importants, propriété des boss du Cac 40 !).

Le but de ce cirque était de rendre les chômeurs — aux yeux du public — responsables de leur situation et de faire en sorte qu'une bonne partie d'entre eux, effrayés par ce genre de bureaucratie, laissent tomber.

Je rentrais dans cette catégorie, pas de temps à perdre à chercher un taf qui n'existe pas pour des gens comme moi qui approchait les 60 balais, pas de temps à perdre, comme dans le film de Ken Loach : *I, Daniel Blake* , avec une administration devenue kroniste, autoritaire tatillonne et flicarde, une sorte de dédale kafkaïen, de monde à l'envers, un monde où ceux qui subissent la violence économique des friqués, sont censés le payer une deuxième fois, de manière à ce que cette bande d'hyper riches puissent continuer à maintenir et augmenter leur train de vie (tout en continuant impunément à planquer dans les paradis fiscaux), en se la pétant à Ibiza, à Saint-Barth ou à Porto Cervo en Sardaigne, avec des yachts, des résidences secondaires, des jets privés, des voitures de sport à plus de 100 000 euros et des escorts girls à 1000 euros la journée.

Leur système de flicage conduisait les chômeurs à la

perte de dignité, à l'infantilisation, aux humiliations, à des sanctions sans fondement, au suicide, un monde perdu où les contrôleurs du GRI craignaient eux-mêmes pour leurs emplois.

Depuis longtemps, j'avais le rêve de créer un journal donnant une réelle place à la photographie, à des images de qualité, à du bon photo-reportage. Il y avait peut-être un créneau, la presse des périphéries en place était visiblement à la traîne concernant la presse en ligne, leurs sites n'étaient pas performants pour un sou et quant aux réseaux sociaux, ils brillaient de par leur absence.

Un journal en ligne, tendance Canard Enchaîné, un journal sans compétences aucune dans le cirage de bottes, sur un site d'un bon niveau en responsive, c'était dans mes cordes, les réseaux sociaux pour toucher les djeuns, également ; ce qui me manquait, c'étaient les moyens financiers pour un bureau en ville avec deux ou trois pigistes, pas de CLP !

Les CLP, ces précaires de l'info, payés avec des lance-pierres par la presse des périphéries, voire même pas payés du tout ! La plupart de ces CLP préféraient au bout d'un moment — ayant compris la situation d'auto-servitude dans laquelle ils se mettaient avec ce statut bidon qui ne leur donnait même pas une couverture sociale — laisser tomber que de réclamer continuellement leurs clopinettes. Bonjour le turn-over ! D'une certaine façon, ils étaient payés de manière symbolique : la possibilité de fréquenter les Ordonnateurs et de boire l'apéro deux ou trois fois par an, afin de contempler leurs chaussures bien cirés. Passionnant ! Une bien faible compensation pour ces exploités de l'info ! En relayant à longueur d'année les beaux discours des Ordonnateurs, sans la moindre particule critique, les CLP leur offraient la notoriété sur un plateau, notoriété exploitée par les Ordonnateurs pour assurer leur pérennité carriériste ! Notoriété sur le dos de précaires en dessous du seuil de pauvreté et sans couverture sociale pour la plupart ! Une sorte de service de com gratuit ! Au mieux, les plus dociles d'entre eux s'en sortaient en étant récupérés dans les services com des villes, leur talent dans le relais du discours des Ordonnateurs étant avéré !

En plus du site une publication trimestrielle sur papier, une sorte d'album photo reprenant les meilleures actus, un minimum de texte et un maximum de photos, plus de l'espace publicitaire disponible sous forme de pleine page, double page et 4e de couv .

C'est Eleo qui m'avait parlé de son aide financière en cas de besoin, problème, elle était partie pour une de ses expéditions à l'autre bout du monde, un mois sans la voir. Un mois à cogiter mon projet, j'allais être patient. Un acheteur d'espaces régulier était également indispensable, un boss avec un esprit ouvert, un boss pas très abonné au costard cravate et aux mondanités avec les Ordonnateurs dans leur consortium, un « capitaliste cinglé » comme dirait Emmanuel Todd, un original en mesure de financer quelque chose de sympa sans préoccupation pour la rentabilité du projet.

Il y avait Peter H qui s'était tiré de la boite de Kroll, il avait fait en sorte de se faire virer un an avant de prendre sa retraite, de manière à toucher des indemnités licenciements, il avait ouvert une boite de location de véhicules de luxe, çà avait l'air de tourner pas trop mal, il était présent sur plusieurs grandes villes, peut-être pouvait-il acheter de l'espace sur le site web.

Il était sur un bon créneau, de plus en plus de pauvres et de plus en plus de nouveaux riches dans cette société installée dans le kronisme ; sur River City, on pouvait voir une dizaine de ces nouveaux riches venir frimer au centre, en Porsche, pour acheter leurs clopes à la borne de distribution ; Peter H, lui roulait en Austin Martin et se garait comme James Bond où bon lui semblait, y compris sur la zone piétonnière, près de la fontaine sur la place Blue Hour.

Il était bien content de s'être tiré de cette boîte de vente de fruits secs, de ne plus avoir affaire à un boss autocrate et psychopathe, à l'esprit tordu avec son personnel, d'autant plus qu'il s'était tiré au bon moment, les procès s'accumulaient, Kroll ne se contentait pas d'imposer ses goûts sexuels à ses assistantes, il était en plus très préoccupé par le profit, le profit maximal coûte que coûte, y compris en piétinant les législations sanitaires, la plupart de ces produits n'étaient pas composés par les fruits annoncés sur les emballages, notamment pour les pots de confiture, des fruits bon marché dont le goût était proche des fruits plus chers remplaçaient ces derniers.

Les contrôleurs sanitaires avaient subi une réduction drastique de leurs effectifs, ils avaient été rabotés par les néo-libéraux au pouvoir, Kroll en était informé et pensait passer au travers afin de ramasser un maximum de tunes avec sa daube. Il ne savait pas ce qui l'attendait, la foudre était pour bientôt !

Puis vint la mauvaise nouvelle, notre mini quartier allait disparaître, les propositions de relogement, rédigées dans un style administratif particulièrement autoritaire et puant, étaient à prendre ou à laisser, soit on acceptait des relogements dans des cages à lapins, soit on nous invitait à aller voir ailleurs, une sorte de dictature immobilière visant à nettoyer le centre-ville des non cravatés, des marginaux, des gagne-petit, des sans-grades.

Au cours de la réunion de notre collectif, il y a avait notre collègue Phil, celui qui avait retapé sa petite maison tout en lui gardant son cachet, il avait fait surmonter sa maison d'une micro tour de couleur vert printanier, en réaction, nous appris t' il, à la tour du Consortium dont la couleur dominante était le noir. Sa tour ne dépassait pas les onze mètres, elle était greffée sur une partie de sa maison et constituait une sorte d'échappée visuelle. En quelque sorte, notre tour à nous, la tour des dissidents, la tour des empêcheurs de tourner en rond ! La tour des fouteurs de merdre !

Phil nous dévoila quelque chose à laquelle nous ne nous attendions pas, une info incroyable, c'était lui la taupe ! Lui le fonctionnaire de la CPC ! Mal payé, jamais promu, maltraité par le DRH, c'était sa façon de remercier les autocrates du Consortium, de plus, il nous révéla que la décision n'était pas prise encore concernant le rasage de nos maisons, pour l'instant, il s'agissait de nous impressionner, de sonder nos réactions, il nous conseilla de ne rien faire, de rester calme, toute réaction incontrôlée de notre part pouvant être utilisée contre nous !

Il nous révéla que le consortium avait dans l'idée de nous emmerder avec des histoires de maison pas aux normes écologiques, de manière à faire pression, de manière à nous pousser à vendre au rabais, au lieu de faire des travaux, travaux qui n'étaient pas à notre portée financière, nous étions tous au mieux des smicards.

Il connaissait bien cette partie de la ville et nous apprit qu'au Moyen Age le quartier portait le nom de village des Lavandières, à cause des cours d'eau peu considérables qui sourdaient dans le sous-sol. Nous étions effectivement, à cet endroit de la ville, en contrebas d'une ancienne vallée, inévitablement les sources finissaient leurs courses sous nos maisons avant de rejoindre la rivière qui était à peine à deux cents mètres.

Pour finir, il nous en apprit une bonne : il payait moins de cent euros de facture de flotte par an ! C'était étonnant, l'eau était entre les mains d'une multinationale qui au niveau des factures avait particulièrement la main lourde. En créant sa tour, il s'était aperçu de la présence d'un ancien puits sous le carrelage de sa cuisine, un puits de sept mètres de profondeur avec deux mètres d'eau de disponible quelque soit la saison.

Phil nous proposait, étant donné l'abondance de cette eau, de mettre en place un système d'alimentation pour nos maisons, toutes collées les unes aux autres, histoire d'alléger nos factures de flotte imbuvable et de remercier les sympathiques actionnaires de la multinationale qui vivaient sur notre dos, en se tournant les pouces et en traitant les précaires d'assistés et de bons à rien (sans doute une projection de leur propre état !), on était bien sur partant.

La culture de Phil était incroyable, il nous parla des Lavandières, ces femmes qui avaient donné le nom à notre quartier. Femmes d'une beauté étrange qui ne se manifestaient que la nuit, de préférence les nuits de pleine lune, pour battre leur linge magique au lavoir, lavoir qui se trouvait à l'angle de notre rue et de celle qui mène à la rivière. Leurs aspects était plus que séduisant, corps dénudés et visages d'ange, mais elles étaient aussi dangereuses que belles, celui qui s'aventurait près d'elles pour les admirer se retrouvait assez rapidement au fond du lavoir, une fois noyé les lavandières le traînaient jusqu'à la rivière en entonnant des champs barbares.

L'histoire de Phil n'était pas sans me rappeler une peinture de 1896 des Préraphaélites, *Hylas and the nymphs* de Waterhouse, un jeune homme va au point d'eau le plus proche avec son pichet, des nymphes qui se ressemblent de manière surnaturelle sont là, dans l'eau, en train de nager nues au milieu des nénuphars, scène bucolique toute en délicatesse , l'une d'elles viens à la rencontre d' Hylas, elle l'hypnotise avec son doux regard tout en le saisissant par un de ses bras, et elle l'entraîne fermement par le fond, Hylas disparaît à jamais ! Cela me faisait penser, à la façon peu délicate, dont Miss Nell m'avait hypnotisé, envoûté avec son sourire, utilisé un certain temps, puis jeté comme un vulgaire objet !

Le Grand Ordonnateur, surnommé Son Altesse Sérénissime ou encore sa Très Haute Sainteté, par ses détracteurs, était en panne de popularité, son paternalisme sécuritaire de derrière les fagots n'était plus vraiment tendance, les gens en avaient marre des taxes et des drones qui soit disant survolaient la ville pour assurer leur protection 24h sur 24.

Pour remonter la pente, Wellwaxed fit appel à son agence de com habituelle, il avait besoin d'un ravalement communicationnel. Mr Burth de l'agence *La com qu'il vous faut*, lui proposa de changer le nom de la ville et tout ce qui va avec, de faire peau neuve. Pour le flatter, le prendre dans le sens du poil, Burth lui proposa le diminutif de son nom, comme nouveau nom de la ville : Well City. Wellwaxed appréciant cette attention à sa personne fut ravi et les sous-ordonnateurs se rangèrent à sa position au Cours d'un Grand Conseil décidé en urgence.

Mr Burth se frotta les mains, 50 000 euros dans sa poche pour la trouvaille du nouveau nom de la ville, un nouveau logo et un nouveau slogan ; le logo était surchargé en couleurs, logo créé par son graphiste (stagiaire non payé), on aurait dit une aquarelle plutôt qu'un logo de ville, mais il savait que çà convenait à l'inculture typographique et iconographique de son client. Et quant au slogan, il ne s' était pas foulé non plus, c'est sa secrétaire qui l'avait trouvé : « *A Well City tout va pour le mieux dans le meilleur des mondes !* », une sorte de projection symbolique de Wellwaxed dans un espace mondial et interplanétaire, le Grand Ordonnateur avait trouvé çà génialissime ! Avec une telle com, il allait, pensait-il, avoir la possibilité de se la péter à l'international, les photographes du monde entier et la presse magazine allaient l'assaillir... Enfin de la reconnaissance pour toutes ces décennies à la tête du Haut-Château et du Consortium de la Participation Citoyenne.

Il allait déchanter assez vite, des mouvements contestataires commençaient à surgir çà et là, remettant en question le sécuritarisme et la précarité généralisée. Le couvercle de la marmite avait de plus en plus de mal à se maintenir en place, çà devenait bouillonnant, le genre tempête solaire, des éruptions de matière ionisée et autres feux d'artifice devenaient inévitables...

A suivre...

Nouvelle à paraître :

Climat insurrectionnel à Well City

Le guérisseur de cathédrales, Philip K. Dick, Pocket, 2006.

Danser au bord de l' âbime, Grégoire Delacourt, JC Lattès (2017) et Le livre de poche (2018).

Mythologies, Roland Barthes. Editions du Seuil, 1957. Points 1970.

Bienvenue dans le nouveau monde, Mathilde Ramadier Premier Parallèle, 2017.

L'Horreur économique, Viviane Forrester, Fayard, 1996.

Dans l'entre-temps : Réflexions sur le fascisme économique, John Berger (Jacques Crossman, traduction), Indigène Editions 2009.

Le dernier qui s'en va éteint la lumière : Essai sur l'extinction de l'humanité, Paul Jorion, Fayard/Pluriel, 2017.

Circus politicus, Christophe Deloire, Christophe Dubois, Albin Michel, 2012. J'ai Lu, 2013.

Les Préraphaélites : Un modernisme à l'anglaise. Laurence des Cars, Découvertes Gallimard, 1999.

Un corbeau plane sur la ville © Joël Douillet, 2018.
Editeur : Books on Demand, 12/14 rond point des Champs Elysées, 75008 Paris
Imprimeur : Books on Demand, Norderstedt, Allemagne
Dépôt légal : mars 2018. ISBN : 9782322105076